PASIÓN CONTENIDA

ExLibric

MARÍA CASTIÑEIRAS ORTEGA

PASIÓN CONTENIDA

EXLIBRIC
ANTEQUERA 2022

PASIÓN CONTENIDA
© María Castiñeiras Ortega
Diseño de portada: Dpto. de Diseño Gráfico Exlibric

Iª edición

© ExLibric, 2022.

Editado por: ExLibric
c/ Cueva de Viera, 2, Local 3
Centro Negocios CADI
29200 Antequera (Málaga)
Teléfono: 952 70 60 04
Fax: 952 84 55 03
Correo electrónico: exlibric@exlibric.com
Internet: www.exlibric.com

ISBN: 978-84-19092-99-1
Depósito Legal: MA 376-2022

Nota de la editorial: ExLibric pertenece a Innovación y Cualificación S.   L.

MARÍA CASTIÑEIRAS ORTEGA

PASIÓN CONTENIDA

1

Os damos la bienvenida en este caluroso mes de septiembre desde el claro de un frondoso bosque en Pennsylvania, donde transcurre esta historia.

Jack Shepard, un joven adinerado y muy cotizado en el mundo social, acababa de finalizar la reforma de su última adquisición, un precioso castillo del siglo XIV. Ahora, esa fría, oscura y lúgubre fortaleza se había convertido en un majestuoso y cálido colegio mayor que ya estaba acogiendo a los primeros residentes.

El propio Jack era quien estaba recibiendo a los jóvenes, acompañados algunos por sus familias, haciendo uso de sus muy buenas formas. Eso sí, no había fémina que al pasar no pusiera sus ojos sobre él, un espécimen único de metro ochenta con anchas espaldas, de complexión atlética, moreno, con un aire desenfadado pero a la vez elegante hasta la médula, y unos ojos azules penetrantes de los que era imposible huir. Sin embargo, él no prestaba mucha atención a las chicas, pues estaba demasiado acostumbrado a causar ese efecto, aunque, de repente, alguien consiguió capturar por unos instantes todo su ser, su mirada, sus pensamientos… Se trataba de una joven morena con ojos negros e increíbles curvas que acababa de bajar de un taxi sin ninguna compañía.

—Disculpe, señorita, ¿puedo ayudarla con el equipaje?

—No es necesario. Gracias, señor…

—Shepard, aunque puedes llamarme Jack.

—El director, encantada de conocerle. Si me disculpa, voy a instalarme —respondió, haciendo gala de su cortesía.

«¿Qué narices acaba de pasar? Esa niñata ha captado toda mi atención, he ido en su busca y se ha largado», pensó para sí con un tono iracundo a la par que confuso.

—Se va a enterar cuando consiga que sea mía… —dijo casi en un susurro cargado de promesa.

La joven se fue sin mirar tan siquiera de reojo a sus espaldas y llegó a su cuarto, donde ya estaban instaladas otras dos adolescentes.

—Soy Mary, ¿vosotras?

—Vanessa y Sarah.

Las chicas eran muy diferentes entre sí, pero ambas tenían un encanto especial. Sarah era una rubia despampanante como las que salían en las películas de cine de Hollywood, mientras que Vanessa era una morena de ojos verdes con ciertos rasgos orientales que la hacían más que interesante.

El resto de la tarde transcurrió sin más. Eran solo tres jóvenes chismorreando sobre sus vidas, sus familias y los chicos que habían podido ver en los pasillos, aunque, sin duda, el más deseado era Jack.

2

Al día siguiente dieron comienzo las clases, únicamente las extraescolares para permitir un pequeño periodo de adaptación. Vanessa, que era la más perezosa de las chicas, prefirió quedarse en el cuarto mientras Sarah iba a la biblioteca en busca de un buen libro que devorar. Mary era la única que tenía clase, concretamente de baile.

El profesor era un joven bailarín recién retirado, debido a una lesión de rodilla que le impedía competir al máximo nivel, y un tanto malhumorado, pues estaba un poco resentido por cambiar los grandes premios ganados por un puñado de aspirantes a sabía Dios qué.

—Bien, poneos por parejas e improvisad. Veamos de qué estáis hechos —dijo con aires de superioridad.

—¿Te pones conmigo? —le preguntó un guapo moreno de ojos verdes a Mary.

—Claro. Soy Mary —respondió con una sonrisa radiante.

—John —se presentó mientras le ofrecía la mano, que ella tomó sin dudar para ser los primeros en pisar la pista de baile.

La música empezó a sonar. Se trataba de un ritmo latino tipo salsa que desató unas miradas cómplices entre ambos. La tensión fue *in crescendo* en cada giro, con cada caricia y con un final frente a frente, con los labios a punto de rozarse. Parecía que se hubiera parado el tiempo y no hubiera nadie más allí, solo ellos dos disfrutando el uno del otro, como en un sueño. Aun así, el beso no llegó. Ambos volvieron al mundo real inundados en aplausos de sus compañeros e incluso del propio profesor, al que casi se le saltaron las lágrimas de la emoción.

La clase fue bastante intensa y tras acabar exhaustos, fueron a comer para reponer fuerzas.

★★★★★

En la biblioteca, Sarah salía tan cargada de libros que apenas veía por dónde iba, así que de repente tropezó y todos los libros besaron el suelo. Por suerte, ella no llegó a caerse.

—¿Estás bien? —preguntó un fornido rubio con el pelo aún mojado que curaría cualquier mal solo por estar entre sus brazos, justo donde se encontraba ahora mismo Sarah.

—Estoy bien gracias a ti. Soy Sarah —respondió, mientras coqueteaba con unos seductores movimientos de pestañas.

—Zac, encantado de conocerte. Justo iba a comer, ¿te gustaría acompañarme?

—Por supuesto.

—Permite que te ayude con los libros —dijo, mientras se arrodillaba a sus pies para recoger todos los libros que aún seguían en el suelo—. Por cierto, ese de ahí es mi compañero Matt. Es un friki de los ordenadores y he tenido que venir a buscarlo para que deje ese trasto y se venga a comer algo.

Matt era un chico bastante normal en comparación con Zac, pero no el típico friki que todos imaginan. Tenía una complexión normal, un pelo cobrizo guapísimo y unos preciosos ojos color miel.

3

En el comedor se encontraban Mary y John bastante abstraídos en sus conversaciones, hasta que llegó Sarah con los chicos y, tras las presentaciones oportunas, se dispusieron a comer todos juntos. A los pocos minutos, se incorporó Vanessa y, posteriormente, Drew, el compañero de cuarto de John, un moreno de ojos azules y metro noventa que captaba todas las miradas, pero en especial las de Vanessa.

★★★★★

Los primeros dos días habían pasado y llegó el acto de inauguración. Todos habían escogido entre sus mejores galas, los chicos iban con traje y las chicas con vestidos de cóctel, cada una en su estilo: el de Vanessa era blanco con muchas flores estampadas y escote corazón; el de Sarah, el típico vestido negro entallado con una abertura que llegaba casi hasta el muslo y un escote que no dejaba demasiado a la imaginación, y el de Mary era rojo muy ceñido en la parte superior, como si de un corsé se tratase, para dar paso a una vaporosa gasa que se deslizaba sutilmente con cada movimiento.

Se encontraban todos juntos disfrutando tranquilamente de la música y la compañía, porque aunque solo hubiesen pasado dos días, ya se estaban haciendo inseparables. De repente, alguien los interrumpió:

—Disculpe, señorita, ¿sería tan amable de concederme este baile? —preguntó Jack a Mary.

Ella reconoció la voz, pero se giró con indiferencia.

—Ah, ¡es usted! Lo siento, pero no podrá ser, ya estoy muy bien acompañada.

—Como desee.

La cara de Jack no expresaba emoción alguna, pero en cuanto se dio media vuelta para desaparecer entre la multitud, la furia se fue apoderando de él. Acababa de rechazarlo por segunda vez, en esta ocasión por la compañía. En serio, ¿de qué iba esa chica? Mary sería suya a toda costa.

—¿Por qué le has dicho que no? —preguntó inquisitivamente Sarah, aunque la cara de Vanessa reflejaba el mismo pensamiento.

—Porque no me apetecía bailar.

—Estarías el día entero bailando si pudieras —respondió John.

—Quizá es que no es él con quien quiero bailar —dijo enfatizando *él* y mirándolo directamente a los ojos.

—¿Bailamos? —se ofreció John, tendiéndole la mano.

—¿A qué esperabas para preguntarlo? —contestó, levantándose y casi arrastrándolo a la pista.

Mary y John terminaron bailando el resto de la noche sin apenas descanso, salvo para beber algo entre un tema y otro. La conexión existente entre ambos era innegable, formaban la clásica pareja que, al verla, hace pensar que se conocen de toda la vida y llevan años juntos.

A quien no le hizo nada de gracia lo que estaba viendo era a Jack, que no podía contenerse por más tiempo. Lo enfurecía ver cómo esa chica lo había despreciado ya dos veces y, peor aún, verla en brazos de otro, tocándola, y como ella disfrutaba…

Pero, además, Mary tenía tiempo para mirarlo en alguna ocasión, retándolo, desafiándolo. Así que antes de que finalizara la velada, no pudo reprimirse y fue en busca de la pareja.

—Vaya…, pensaba que no querías bailar.

—Y era cierto, no me apetecía.

—Pues para no apetecerte no lo has estado haciendo nada mal, aunque es mejorable —dijo con un tono irónico.

—¿Ah, sí? ¿Y cómo lo mejoraría usted, señor Shepard?

—Baila conmigo y te lo demostraré.

Mary no pudo evitar sonreír ante tal oferta. Realmente estaba picado y era por su culpa, así que por qué no darle un poco de caña, enseñarle lo que no iba a conseguir, dejarlo con las ganas…

—¿Te importa? —preguntó cortésmente a John, aunque su mirada más bien decía «lárgate».

—En absoluto.

Mary cogió la mano de Jack, pero no sin antes decir las últimas palabras:

—Espero que lo aproveches, porque será solo un baile.

—No necesito más —dijo mirándola directamente a los ojos con aires de grandeza.

En efecto, no necesitaba más, pues comenzó a sonar un tango a petición del propio director, obviamente, pues ¿qué baile era más erótico que el tango? Cuando comenzó a dominarla, ella respondió seduciéndolo, siguiéndole el juego… La pista se quedó vacía, ellos dos habían paralizado literalmente la fiesta.

Cuando la canción llegó a su fin, estaban totalmente pegados, con las miradas cargadas de deseo… Jack la sujetaba tan fuerte contra sí que pudo sentir su erección, y no podía liberarse aunque quisiera. Entonces él se acercó aún más, compartiendo cada aliento, cada suspiro, hasta que se inclinó para besarla.

Justo en ese momento, ella giró la cara y se acercó a su oído, donde le susurró:

—Buen intento, pero mejorable.

Con las mismas, Mary volvió con sus amigos. Todo el mundo observó semejante rechazo, el cual impulsó a Jack a irse de la celebración antes de que terminara; no podía seguir allí y ser el hazmerreír de aquellos críos. Sus pensamientos se tornaban iracundos, pero estaban llenos de carga sexual. No podía dejar de pensar en lo que le haría a esa chica cuando la poseyera.

—Es todo por su culpa, por ella y por su estúpido juego. Un juego que se va a terminar muy pronto porque ella no ostenta el poder, sino yo.

4

Jack no había ni dirigido la mirada a Mary durante los días sucesivos a su maravilloso baile, que no tuvo tan buen final como él —y probablemente también muchos de vosotros— hubiera deseado, esperando que se enfriara la situación, hasta que la convocó en su despacho al finalizar las clases.

Mary picó educadamente y esperó.

—Adelante.

Cerró la puerta tras de sí y tomó asiento frente a él.

—Y bien, ¿algún problema, señor Shepard?

—Lo cierto es que sí, mi problema eres tú.

—¿Disculpe? —preguntó, fingiendo ser totalmente inocente.

—Sabes bien de lo que te hablo, Mary. Me has dicho «no» tres veces, ese es un límite que no estoy dispuesto a tolerar —dijo con un tono frío y, sobre todo, amenazante.

—Inténtelo con otra, entonces —respondió indiferente.

—No me rindo fácilmente; es más, siempre consigo lo que quiero —afirmó con una voz ronca y autoritaria que no admitía discusión.

—¿Y qué quiere, señor?

Su voz cambió y pasó de la indiferencia al coqueteo en un momento.

—A ti.

—En ese caso, me temo que será la primera vez que no consiga lo que desea —contestó mientras se encaminaba hacia la puerta.

Jack la siguió rápidamente y se interpuso entre ella y su vía de escape.

—Creo que no me has entendido bien. Siempre consigo lo que quiero, ¡siempre!

—Pues ya no. Las reglas han cambiado. Así que, ¿me dejas salir o tengo que dejarte mal de nuevo?

—No puedes dejarme mal, no hay nadie, no puedes huir.

—Lo cierto es que sí. Los refuerzos están fuera, así que a la mínima que grite, todo el mundo se enterará de que te he rechazado nuevamente.

—No te atreverás —la desafió.

—Prueba.

Jack se retiró de la puerta; es más, se la abrió educadamente para, de paso, comprobar si se había tratado de un farol. Y lo cierto es que no lo era, porque a pocos metros de la puerta esperaba John.

—¿Todo bien? —gesticuló John.

Ella asintió y se giró de nuevo hacia Jack.

—Un placer conversar con usted, señor Shepard, como siempre.

Jack cerró la puerta e intentó relajarse, pero no podía. Estaba perdiendo el control, algo que nunca había sucedido. Él era quien establecía las normas, quien controlaba absolutamente todo, pero esta vez no era así. ¿Qué le estaba haciendo Mary? Si no la tenía pronto, se iba a volver loco.

5

Poco a poco, los días pasaban y no había movimientos por parte de Jack. En cambio, Mary y John estaban cada vez más unidos, aunque no tanto como Sarah y Zac, que ya habían declarado su relación como oficial. Era 31 de octubre y esa noche tendría lugar la fiesta de Halloween.

Poco antes, mientras se iban a preparar, Vanessa encontró una nota en su mesilla:

22:30. Cementerio

Supuso que sería de Drew, que querría estar a solas con ella o gastarle algún tipo de broma. Estaba más que decidido que acudiría a la cita.

—¿Estás segura de que será suya? ¿Por qué no le preguntas sutilmente, a ver si sacas algo en claro? —preguntó Mary.

—Porque no. ¿Quién iba a ser si no? —reprochó Vanessa sin dudar.

Era cierto que el argumento parecía lógico, pero la preocupación de Mary no disminuía ni por un instante.

—Al menos deja que hable con John, seguro que él sabe algo.

—De eso nada, esto es cosa mía.

—Como quieras.

La resignación era más que evidente, no había forma humana de convencerla.

A las 22:00 dio comienzo la fiesta, pero como suele ocurrir, las chicas se demoraron un poco con los disfraces. Sarah iba de Catwoman y Mary de vampiresa. Vanessa se fue directamente al cementerio sin tan siquiera hacer acto de presencia en la celebración.

Zac, el zombi, estaba impaciente por encontrarse con Sarah, de modo que nada más verla se fundieron en un apasionado beso. Por su parte, John, todo un Drácula, deseaba estar con Mary, pero cuando esta se aproximó, había otro chico hablando con él. Ella, al ver la escena, no paraba de repetirse a sí misma que no era cierto lo que estaba viendo: «No es él, no es él…». Pero no funcionó. Como estaréis suponiendo, el chico en cuestión era Drew.

—Hola —dijo mientras cogía a John por la cintura desde atrás—. ¿Te vienes conmigo?

—¿Acaso tienes que pedirlo?

Ambos se alejaron del ruido de la música y, sobre todo, de Drew.

—¿Te ha dicho algo Drew de quedar hoy con Vanessa?

—No, él quería pedirle salir esta noche, pero ella dijo que no vendría.

La cara de Mary estaba cambiando por momentos. ¿Qué sucedía? ¿Quién había dejado realmente la nota? Y lo más importante, ¿por qué quería a Vanessa?

—Mary, ¿qué ocurre?

—Es Vanessa. Encontró una nota que la citaba esta noche, pensó que sería de Drew y no pudimos convencerla para que no acudiera. Tenemos que ir por ella.

—Vamos —accedió él.

Salieron de la fiesta discretamente, como una pareja de enamorados que se dispone a disfrutar de un paseo a la luz de la luna, con la intención de no llamar la atención, especialmente de Drew. Cuando se alejaron lo suficiente del colegio, empezaron a correr hasta que llegaron al cementerio.

—No está aquí. ¿Estás segura de que este era el lugar?

—Estoy segura, y vino por el mismo camino que nosotros. Debe estar por aquí en alguna parte.

—Mary, piensa… Estamos en un cementerio, ¿dónde va a estar?

—Averigüémoslo.

Mary sacó su móvil y llamó a Vanessa.

—No se oye nada, es una pérdida de tiempo. Seguro que ya ha regresado.

Mary hizo caso omiso de John y comenzó a caminar en dirección norte, de donde parecía provenir una casi imperceptible armonía. John la siguió sin ninguna convicción.

—Es su teléfono, listillo. Tiene que estar cerca. ¡Vanessa! —comenzó a gritar.

Ambos escucharon leves ruidos de procedencia incierta. Finalmente, localizaron los sonidos, que provenían de una de las tumbas. Fueron acercándose mientras sus rostros se volvían cada vez más blanquecinos. El miedo los invadía y sus piernas empezaban a temblar cual vara verde. Tremendamente asustados, movieron la lápida y allí encontraron a Vanessa, a quien se le iluminó la cara al verlos de nuevo.

6

—¿Qué ha pasado? —preguntaron casi simultáneamente.

—Fue el director, él me encerró aquí cuando os sintió. Creo que iba a matarme —respondió Vanessa.

John y Mary se quedaron estupefactos ante aquella respuesta que nunca se habrían imaginado, y un tanto incrédulos. Sin embargo, por si acaso, los tres se marcharon corriendo de vuelta al colegio por un camino diferente, que era algo más corto, pero también más escabroso.

★★★★★

De repente, el suelo se abrió bajo sus pies y cayeron varios metros.

—¿Estáis las dos bien? —quiso saber velozmente John mientras les tendía la mano.

—Perfectas.

Tras recomponerse, intentaron analizar la situación. Parecían estar en una especie de zanja bastante profunda y oscura de la que no podrían salir fácilmente. Pero no era un pozo sin más, parecía continuarse en ambas direcciones como si de un pasadizo se tratase. Optaron por seguir el mismo rumbo en que iban en superficie, ayudándose de la luz de sus teléfonos para poder ver algo en aquel estrecho, oscuro y frío pasadizo excavado entre la roca.

Llevaban un buen rato caminando cuando empezaron a ver números en las diversas bifurcaciones que encontraban a su paso.

—No debemos estar muy lejos del colegio —anunció Mary.

—Es cierto, y estos números… podrían estar relacionados. Siguen un orden, pero se pierden en pasadizos auxiliares. ¿Las habitaciones? —razonó John.

—Es imposible, chicos. Habéis visto demasiadas películas de terror, en serio —refunfuñó Vanessa incrédula.

—Por probar no perdemos nada —se apresuró a decir John.

¿Y sabéis dónde salieron? En efecto, aparecieron en sus dormitorios. Accedieron por sendas trampillas localizadas en lugares diferentes: la pared al lado de la cama y el cuarto de baño, respectivamente. Mary y John se mostraron orgullosos, obviamente, al ver que tenían razón, pero a la vez se quedaron extrañados por aquella repentina novedad.

Ambos incitaron a Vanessa a ir a la fiesta, ya que Drew seguro que la estaría esperando. Una vez solos, se miraron y supieron que estaban de acuerdo en lo que iban a hacer: volver a los túneles y ver a dónde conducían.

7

Parecían estar llegando al final, pues se apreciaba una pequeña luz en la distancia, pero no habían recorrido un gran trayecto y no tenían ni idea de dónde se encontraban en aquel momento. Se trataba de un lugar oscuro, descuidado, lleno de trastos viejos y un montón de papeles con una luz muy tenue, irradiada por la luna llena que entraba por la claraboya. Sí, la verdad era que recordaba bastante a un desván. Ya que estaban allí, decidieron curiosear un poco para intentar descubrir cuáles eran las intenciones del director.

Tras mucho rebuscar…

—John, aquí hay algo.

Unos nombres tallados en uno de los postes de madera: Mary, John, Drew, Sarah, Zac, Matt y Vanessa, aunque este último estaba tachado. No había que ser adivino para saber lo que eso significaba: estaban condenados, y eso que solo habían pasado los primeros días del curso. ¿Qué podían hacer? ¿Era buena idea decírselo a los demás con todo detalle, pues habría que advertirlos? ¿Encarar al director, tal vez? ¿Sabría que ya conocían los pasadizos? Las dudas asaltaban sus cabezas, pero finalmente decidieron volver y contárselo al resto; a fin de cuentas, aquello les incumbía.

Cuando ya se iban:

—Espera —dijo de repente John.

—¿Qué pasa? —contestó Mary sobresaltada.

—¿Quieres ser mi novia?

Mary se quedó alucinada ante esa inesperada pregunta formulada precisamente en ese instante.

—¿Te parece que es el momento y el lugar? —respondió sin dilación, y se fue.

John la siguió apenado tras su intento frustrado.

★★★★★

Se encontraban todos en el dormitorio de las chicas, estupefactos por la información que acababan de recibir. Drew abrazó a Vanessa para intentar que se sintiera protegida tras la traumática experiencia que había vivido, y esta se lo agradeció con un impulsivo beso.

Sin dejarles mucho tiempo para asimilar lo sucedido, Mary y John confesaron que irían a investigar los pasadizos en la hora libre al día siguiente y sugirieron que los acompañasen. Todos aceptaron sin dudar, inicialmente los chicos, como resulta obvio, pero las chicas tampoco se echaron atrás.

Concluida la reunión clandestina, volvieron a la fiesta, salvo John, que cogió por el brazo a Mary cuando esta se iba, pidiéndole indirectamente que se quedase. Ella lo miró desconcertada.

—¿Ya es mejor momento?

—¿Momento para qué? —preguntó ella remoloneando.

—Para que me digas si quieres ser mi novia —respondió esperanzado.

—Sí —contestó sin vacilar.

John la cogió entre sus brazos y la apretó efusivo contra su cuerpo hasta casi cortarle la respiración. Se quedaron cara a cara, pegados el uno al otro, con unas miradas de deseo indescriptibles que provocaron que se fundieran en un intenso beso.

8

Al día siguiente a primera hora, antes del inicio de las clases, Mary se dirigió hacia el despacho del director. La cara de Jack cambió al segundo de verla entrar por la puerta, lo cierto es que no se lo esperaba.

—¿Cómo tú por aquí?

Mary cerró la puerta y echó el pestillo antes de encaminarse hacia él.

—¿Qué hacías ayer con Vanessa? —lo interrogó con actitud ofensiva y los brazos cruzados.

—Disculpa, creo que mi vida privada no es de tu incumbencia.

—Es cierto, no lo es, a menos que afecte a las personas que me importan y sin su consentimiento, claro.

—¿Quieres saber la verdad? —preguntó un tanto agresivo, poniéndose de pie frente a ella.

—A eso he venido —respondió sin titubear.

—Lo cierto es que no iba a matarla, solo a hacerla desaparecer tras entretenerme un rato con ella, dado que tú no quieres. El problema es que llegasteis tú y tu amigo y me vi obligado a esconderla para huir sin ser descubierto. No esperaba que la encontraseis, la verdad. Me sorprende continuamente, señorita Sunset.

Mary no apartaba su mirada de la suya, con una fuerza más que reprobatoria.

—Pero te digo algo más, me has rechazado porque tienes a tus amigos. Bien, veamos qué pasa cuando dejes de tenerlos, porque lo que pase a partir de ahora será tu responsabilidad.

—¿Me estás amenazando? —dijo sin un ápice de temor.

—¿Yo? Sería incapaz —respondió irónicamente.

—Te advierto que no conseguirás nada por mi parte, haz lo que quieras.

—Eso haré, no lo dudes.

Mary se fue y pocos minutos después Jack cogió su teléfono móvil.

—Los planes han cambiado, ya no me sirven.

9

Tal como acordaron el día anterior, en el tiempo libre se disponían a investigar los pasadizos, algunos decididos y otros no tanto, especialmente Matt, que era el más asustadizo.

Consiguieron orientarse gracias a Mary y John, pues se trataba de un verdadero laberinto, pero cuando llegaron a lo que parecía el final, no había nada, ni tan siquiera parecía existir una salida. Minutos después, John iluminó el techo con la linterna y observó una trampilla que supusieron que se abría al exterior.

—¿Qué vamos a hacer ahora? —preguntó Zac, tan pesimista como siempre.

—John, súbeme a tus hombros y acércate lo máximo que puedas —ordenó Mary.

—Pero ¿qué vas a hacer? —quiso saber Drew.

John no dudó en obedecer a Mary y esta consiguió enganchar una cuerda en un clavo que sobresalía en el muro próximo a la salida. John se dispuso a trepar, pero Mary lo apartó como si de un juego se tratase. Subió por la cuerda ágilmente y, tras unos ligeros esfuerzos, consiguió abrir la trampilla y llegar a la superficie. Se aseguró de que no hubiera nadie en los alrededores y, acto seguido, invitó a los demás a seguirla. Mientras estos ascendían, observó algo que llamó su atención y se dejó caer al suelo atemorizada. John se situó a su lado y la abrazó.

—¿Qué sucede? —John estaba muy preocupado, pues debía ser algo grave para que ella se pusiera así.

Mary no podía articular palabra y solo atinaba a señalar con el dedo. John se fijó y su rostro también se volvió blanco.

Regresó al lado de Mary y se aferró a ella como si no existiera un mañana.

Una vez que todos habían salido del túnel, miraron a la pareja extrañados, pues no entendían qué ocurría. Entonces, Mary al fin se decidió a hablar:

—Son las tumbas, miradlas.

Así lo hicieron y todos se quedaron petrificados al instante. Había siete tumbas en un recodo del cementerio justo donde terminaba el pasadizo. Hasta aquí todo normal, pero ¿entonces por qué tanto pánico?, os preguntaréis. En las lápidas estaban escritos sus respectivos nombres, lo que no dejaba lugar a duda: el director los deseaba muertos.

La cabeza de Mary empezó a dar vueltas: «No era un farol, lo decía en serio. ¿Acaso pretende matarlos a todos para quedarse conmigo? Pero, entonces, ¿por qué hay una tumba también con mi nombre? Algo no cuadra. ¿Una escena preparada sabiendo que lo encontraría para atemorizarme y que me entregue a él? ¿Cuáles serán sus verdaderas intenciones?».

Los chicos se volvieron precavidos y un tanto paranoicos tras el descubrimiento, pero pasadas varias semanas sin movimientos por parte del director, decidieron volver a la vida normal y dejar a un lado la preocupación de que alguien los pudiera matar en cualquier momento.

10

Tras un intenso día de exámenes, Sarah, cansada, se retiró a su dormitorio y lo mismo hicieron Matt y Zac. Por su parte, Vanessa y Drew salieron a dar un romántico paseo bajo la luz de la luna. Ahora os preguntaréis: ¿qué pasa con John y Mary? Ellos no acababan de creerse que fuera todo un farol y decidieron regresar al cementerio.

—¿Por qué crees que habrá hecho esto el director? —preguntó John.

—Por mí, pero querrás decir *habrán*. Es imposible que él solo haya hecho todo esto y nadie lo haya visto —replicó Mary.

—¿Por ti? —preguntó confuso.

—Sí, por mis rechazos hacia su persona. Ese imbécil…

—Y… una segunda persona, ¿quién?

—Eso debemos averiguar.

Mientras, Vanessa y Drew vieron a alguien a lo lejos con una pequeña hoguera, como si intentara deshacerse de algo, y no dudaron en intervenir.

—Eh, ¿qué estás haciendo?, ¿quién eres? —instó Drew.

La persona en cuestión echó a correr sin importarle dejar encendida la hoguera y pequeños recortes aún sin quemar.

La pareja recogió unos diminutos pedazos aún legibles y decidió regresar para compartir el hallazgo con los demás.

★★★★★

En el cementerio, John, intrigado por las tumbas con sus nombres, optó por mover una de las lápidas, en cuyo interior halló una carpeta con información y una foto suya. Al ver esto, él y Mary realizaron la misma operación con el resto de las tumbas, fotografiando todo y dejándolo en su lugar como si nada hubiera pasado. Pero ¿qué finalidad tenían todos esos archivos? ¿Y por qué estaban bajo tierra? En fin, era indudable que todo aquello imponía cierto carácter dramático a la situación, pero ¿tanta preparación para esconder un mero registro?

Aún más confusos que al inicio de su escapada nocturna, decidieron regresar cuando ambos recibieron un mensaje de Drew en el que los citaba a todos en la biblioteca cuanto antes.

11

Una vez llegaron a la biblioteca solo faltaba Sarah, pero decidieron empezar sin ella, ya que no se encontraba del todo bien previamente y, al no acudir, pensaron que estaría dormida.

—Hemos visto a alguien quemando unos periódicos en el bosque, pero pudimos rescatar esto —dijo Drew, mostrándoles unos viejos recortes de periódico.

—Jesse McArthur desaparece. Jessica Paxton no deja huella —leyó Vanessa.

—Esos nombres me suenan de algo —sugirió John.

—Estaban en las carpetas —contestó Mary.

—¿Qué carpetas? —preguntó Zac intrigado.

—Hemos hallado unas carpetas con nombres, información y fotos nuestras bajo las tumbas —explicó John—. Mirad.

Les enseñaron las fotos que habían sacado. Tras ojear la información, pudieron comprobar que el destino de cada uno de ellos estaba trazado. Supongo que querréis saber cuál era el futuro que les había sido planeado…

> *Zac y Sarah camareros imponentes*
> *John y Vanessa bailarines de barra*
> *Drew gigoló*
> *Matt intercambios*

—¿Y qué hay de ti, Mary? —preguntó Vanessa preocupada.

—Lo suyo es aún peor —respondió John.

La cara de todos se había vuelto temerosa, asustada, blanca. ¿Qué podía ser aún peor?

—Mary, reservada para ocasiones especiales y uso privado —contestó Mary.

Esa respuesta quizá era la más esperada, pues había querido que fuera suya desde el momento en que la vio. Sin embargo, la cara de John era de ira, pensar en su novia y el director juntos le nublaba el juicio.

Una vez finalizada la reunión, Mary decidió irse al dormitorio para ver a Sarah y asimilar todo lo sucedido.

—Sarah, hemos encontrado nuevas pistas —comenzó Mary muy ilusionada.

Mary se paró de repente al ver que no obtenía respuesta, ni tan siquiera un mínimo movimiento en señal de atención, así que se acercó a Sarah e intentó despertarla tocándole un poco el brazo. Sarah estaba boca abajo y seguía sin moverse, por lo que Mary decidió darle la vuelta. Al hacerlo, notó que estaba un poco fría y se fijó en que tenía algo de espuma en la boca. Le tomó el pulso asustada, pero ya no había nada que hacer.

Salió velozmente de la habitación para buscar a sus compañeros y cuando ya estaban en la puerta del cuarto, les dijo que Sarah estaba muerta. Todos entraron para comprobarlo, menos Mary y Zac.

—Lo siento —le dijo Mary tocándole el hombro en señal de cariño y apoyo.

—¿Qué crees que ha pasado?

—Creo que la envenenaron, quizá con la comida.

Tras conocer la percepción de Mary, Zac decidió entrar, aunque una vez allí, al verla inerte sobre su cama, se derrumbó y no pudo controlar las lágrimas que brotaban de sus ojos. Mientras tanto, Mary se fue. ¿A dónde?, os preguntaréis. Al despacho del director, con la fortuna de que aún seguía allí terminando algún papeleo. La puerta estaba entreabierta, así que entró.

—¿Se puede? —preguntó mientras pasaba.

—Mary, por supuesto. ¿Qué sucede? —dijo sorprendido Jack.

—Sucede que no sé si la has matado tú o no, pero al menos ten la decencia de llevártela del cuarto —contestó Mary cargada de ira.

—¿De qué me hablas? ¿A quién he matado? —Jack estaba desconcertado y ofendido.

—No te hagas el tonto conmigo. —Y se fue.

Al día siguiente enterraron a Sarah, sin grandes parafernalias para no levantar demasiada expectación, solo sus amigos y el propio director. Por lo que respecta a la familia, se trataba de un colegio de alto rendimiento en el que firmaban un acuerdo según el cual sus hijos no mantendrían contacto con el exterior, ni tan siquiera con sus familias, para evitar distracciones. Los chicos únicamente volvían a sus casas por vacaciones y, para entonces, Sarah habría desaparecido sin motivo aparente.

Tras el entierro todos siguieron con sus vidas como si nada hubiera pasado.

12

A mediados de diciembre, tras las clases, se produjo una reunión en el cuarto de las chicas.

—¿Dónde está Mary? —preguntó Zac con un tono irónico y mirando a John, obviamente.

—Ni idea.

—¿No creéis que es extraño que siempre lo descubra todo ella? —sugirió Drew.

—Y además su relación con el director… Es como si tuvieran mucha confianza —añadió Vanessa.

—Y que nunca diga a dónde va —sumó Matt.

—¿No estaréis diciendo en serio que ella tiene algo que ver? —increpó John, intentando defender a su novia.

En ese momento, se abrió la trampilla del cuarto de las chicas y todos se asustaron *ipso facto*.

—Tranquilos, soy yo —dijo Mary—. Qué suerte que estéis todos aquí, mirad lo que he encontrado.

—¿Has ido sola a los pasadizos? —la interrumpió Zac.

—Sí, ¿algún problema? —Se mostró un tanto mosqueada por la pregunta.

Todos movieron la cabeza en señal de negación.

—Que sepáis que he encontrado dinero, una cantidad ingente, de hecho, y unos vídeos de chicos que trabajan para el director —Mary se sentía feliz por el hallazgo, y procedió a enseñarles las grabaciones.

Se miraron unos a otros y, en especial, a John, como confirmando sus sospechas respecto a ella.

—De acuerdo, me voy —sentenció Mary al percatarse de la situación.

—Espera, ¿dónde vas? —preguntó John preocupado.

—No te importa —replicó enojada y aguantando las lágrimas.

Mary salió rápidamente del cuarto. Ya estaba todo oscuro, pues era casi de noche. No tenía a dónde ir. Bajó corriendo las escaleras en dirección al vestíbulo mientras las lágrimas contenidas brotaban al fin por sus ojos y caían por sus iracundas mejillas.

En el cuarto, John intentó salir corriendo tras ella, pero los demás se lo impidieron.

—Mary, ¿qué sucede? —preguntó Jack, que salía de su despacho tras el fin de su jornada.

Ella miró desconcertada a su alrededor. ¿A qué venía eso?

—Mary, de verdad, puedes confiar en mí. ¿Qué ha pasado?, ¿a dónde vas a estas horas? —Trataba de convencerla, mientras se situaba a su altura.

—A cualquier sitio menos aquí, necesito salir —sollozó.

—De acuerdo, ¿quieres quedarte en mi casa esta noche? —preguntó muy amablemente, mientras le limpiaba tiernamente las lágrimas con su dedo.

Mary dudó, pero ¿qué otras opciones tenía?

—Está bien, gracias —respondió resignada.

Quién sabe, quizá no fuera tan mala idea. Había que reconocer que el chico no estaba nada mal.

13

La casa de Jack estaba próxima al colegio y era pequeña pero muy acogedora. Nada más llegar, se veía un bonito porche y por dentro parecía enorme, con tres dormitorios y dos baños.

—Ven, te mostraré la casa. Puedes quedarte el tiempo que desees. Tengo dos dormitorios vacíos, así que puedes instalarte en cualquiera de ellos.

—Gracias.

Jack le preparó la cena, un *filet mignon* con salsa de setas que tenía una apariencia más que apetitosa. Posteriormente, se quedaron viendo una película en el sofá para que Mary se distrajera, aunque el resultado no fue espectacular.

—Tranquila, no merecen la pena —dijo, mientras pasaba el brazo por detrás de ella para reconfortarla.

Mary apreció el gesto y se abrazó a él hasta que, finalmente, se quedó dormida. Entonces Jack la llevó en brazos al cuarto de invitados.

A partir de esa noche todo cambió. Jack estaba ahí cuando Mary más lo necesitaba, consolándola, ofreciéndole un hombro sobre el que llorar… En ningún momento intentó aprovecharse de ella, lo que hizo que se sintiera tranquila y reconfortada con el trato recibido, por lo que poco a poco se fue ganando su confianza. Independientemente de lo que dijeran las pruebas o sus antiguos amigos, ella confiaba en él y el vínculo que se formó entre ambos fue realmente fuerte desde ese momento.

Durante los siguientes dos días la tensión fue palpable en el colegio entre Mary y sus «amigos»; de hecho, ni tan siquiera le dirigían la palabra, y menos después de verla llegar por la mañana con el director.

Finalmente, aprovechando un momento a solas en clase de baile, John la abordó:

—Mary, por favor, tenemos que hablar. Será solo un momento.

—No tengo nada de qué hablar con alguien que no confía en mí —dijo justo antes de irse.

Esa misma noche, cuando Matt entró en el cuarto se encontró a Zac tumbado en la cama, algo que no acostumbraba a hacer tan temprano. Se acercó y no obtuvo respuesta, pero sí encontró una jeringuilla a su lado, por lo que, tremendamente asustado, salió corriendo en busca de los demás.

—¿Creéis que estaba tan mal con lo de Sarah como para…? —preguntó Drew.

—Yo creo que estaba un poco hundido, pero no pienso que se suicidara.

★★★★★

A la mañana siguiente se fueron al despacho del director para recriminarle lo acontecido.

—Chicos, de verdad que no sé de qué me estáis hablando —respondía una y otra vez el director. Sin embargo, los chicos no cesaban con sus acusaciones.

Entonces Mary, que pasaba a ver a Jack, escuchó la conversación y entró.

—Os equivocáis, él no puede haber sido.

—¿Y tú cómo lo sabes? —preguntó rápidamente Drew.

—Porque ha pasado toda la noche conmigo.

—Pero… tú… y yo… —empezó a balbucear John.

—Ya te dije que no tengo nada con alguien que no confía en mí.

Finalmente, los chicos se fueron, por supuesto con la sospecha aún más clara de que Mary estaba implicada y ambos se encubrían mutuamente.

Entonces, en el despacho:

—No tenías por qué defenderme.

—Sí que tenía, sé que no hiciste nada.

—Gracias.

—No hay por qué darlas —respondió, mientras le daba un beso en la mejilla antes de irse con cierta mirada picaresca.

—Espera, mañana se van todos por las vacaciones, ¿tienes planes?

—Lo cierto es que sí, aunque pensaba pasar la mayor parte de la Navidad sola.

—Ven conmigo, podemos pasarlas en Nueva York, si te apetece.

—Lo siento de veras, pero no puedo posponer mis compromisos.

—Es una pena —dijo haciendo pucheros.

—No me has dejado acabar. Estaré en Nueva York, así que algún día podríamos quedar.

—¿Me está pidiendo una cita, señorita Sunset?

Mary le hizo un gesto para pedirle que la telefonease y se fue.

14

El 31 de diciembre, Mary se encontraba en su *loft* de Nueva York cuando recibió una llamada.

—¿Diga?

—Buenos días, señorita Sunset. Creo que tenemos una cita pendiente. Si me dice su dirección, pasaré a recogerla esta tarde sobre las 19:00.

—La 43 con Broadway.

—Perfecto, estoy deseando verte —dijo utilizando un tono más que seductor.

Al poco rato, picaron a la puerta. Mary fue a abrir, pero al llegar ya no había nadie, solo un paquete depositado sobre el felpudo, así que lo cogió y entró en casa de nuevo para abrirlo. Se trataba de un vestido con la espalda al aire en color casi plata, muy sexi. Junto al vestido, había una nota:

Espero que lo lleves esta noche cuando nos veamos. JS

«¿De verdad quiere jugar a esto conmigo? Pobrecito, se va a enterar de con quién está tratando». Mary fue a revolver en su armario, hasta que encontró el vestido que buscaba. Era negro con la espalda al aire, un escote en V y unos pequeños detalles de diamantes en la zona de la cintura. Ese vestido era el que se pondría para la cita.

A las 19:00 Jack estaba en la puerta.

—Adelante —ofreció cortésmente.

—No sabía que vivías aquí, es una zona bastante lujosa.

—Hay muchas cosas que no sabes de mí.

—Ya lo veo. Al igual que veo que no llevas mi regalo.

—Este me pareció más apropiado, ¿no crees? —preguntó, mientras daba una vuelta para que la observara bien.

—Me alegro de su buen criterio, señorita Sunset, pero me temo que si continúa manteniendo ese tono de voz con ese vestido puesto, es más que probable que no salgamos de este apartamento en lo que resta de día.

—Vámonos, entonces.

Jack la llevó al más lujoso restaurante de Broadway.

—Es bastante privado, como puedes observar.

—Para que podamos conversar sin interrupciones, supongo.

—Debo confesar que no es precisamente eso lo que tengo en mente —respondió, al tiempo que deslizaba la mano por la cara interna del muslo de Mary, pero esta le impidió continuar con su ascenso cruzando las piernas.

La cara de Jack se tensó. La verdad era que no se esperaba volver al inicio de los tiempos y sufrir un nuevo rechazo en público, aunque no tan a ojos vistos como los anteriores. Mary se percató del cambio de actitud de su pareja y, mirándolo fijamente a los ojos, le confesó:

—En breve te compensaré por todo lo que has hecho por mí, es una promesa.

Con Jack más satisfecho tras la declaración de intenciones de Mary, al fin se dispusieron a disfrutar de una magnífica cena compuesta por unas exquisitas ostras, el tradicional asado de Navidad y, como toque dulce, una deliciosa *fondue* de chocolate. Todo ello aderezado con un carísimo Borgoña.

—Quería proponerte algo —sugirió Jack.

—Tú dirás.

—El día 2 doy una fiesta en mi casa con gente importante y me gustaría que me acompañaras. Sé que ya deberías estar de vuelta en el colegio, pero volveré al día siguiente y vendrías conmigo.

—Me lo pensaré.

—De acuerdo —respondió con un tono de resignación a la par que esperanzado, pues al menos no había una nueva negativa.

Tras concluir con su festín culinario, fueron a dar un paseo por el mercado navideño. Cuando se dieron cuenta, estaban de la mano y riéndose continuamente con una complicidad pasmosa. Por último, como no podía ser de otra forma, para poner el broche de oro a la noche y el año, se fueron a Times Square para los fuegos artificiales. ¿Qué mejor forma de terminar o de empezar? Cuando finalizaron, Jack miró a Mary con una sonrisa maliciosa.

—¿Qué piensas? —quiso saber ella con una gran sonrisa en la cara.

Jack sacó muérdago de uno de sus bolsillos.

—Sabes que da mala suerte no besarse bajo el muérdago, ¿verdad?

Mary cogió el muérdago y lo tiró al suelo ante el asombro de Jack.

—No lo necesitas —respondió, mirándolo fijamente a los ojos justo antes de besarlo.

El beso se hizo eterno, eran todo labios y lengua, eran insaciables. De repente se percataron de que estaban saliendo en las pantallas de la Gran Manzana, pero nada importaba en ese momento salvo ellos dos, y los besos fueron la prueba viviente de la pasión y el deseo existente entre ambos desde hacía ya demasiado tiempo. Mientras permanecían aún unidos, con los labios a pocos centímetros de distancia, Mary le susurró:

—Por cierto, ya me lo he pensado.

—¿Y?

—Creo que ya tiene acompañante, señor Shepard.

Tras el romántico momento de película vivido, Jack la acompañó a casa como todo un caballero.

—Buenas noches, Jack —dijo Mary mientras cerraba la puerta.

Jack se quedó estupefacto, no era capaz de reaccionar, aunque acertó a tocar el timbre y Mary abrió la puerta.

—¿Estás de broma? —inquirió Jack.

—Lo cierto es que no. Nos vemos en dos días en su casa, envíeme la dirección.

Con la misma, cerró la puerta y Jack picó nuevamente, pues no entendía qué había cambiado, qué había hecho mal si hacía apenas unos minutos no podían controlarse y ahora que al fin podían dar rienda suelta a su desenfreno, ella ni tan siquiera lo invitaba a entrar.

Sin embargo, Mary no volvió a abrir la puerta, estaba demasiado ocupada intentando controlarse, pues sabía que si le permitía el paso, no podría aguantar el deseo que la consumía, no tras la increíble noche que habían pasado juntos. Pero ¿por qué contenerse? ¿Qué le impedía ser fiel a sus instintos?

Jack se fue resignado con solo una idea en su cabeza: «¿Cómo consigue hacerme esto? Ejerce algún tipo de control sobre mí, algo que no puedo descifrar. En condiciones normales, no habría dejado que esa puerta se cerrase y la habría hecho mía allí mismo, contra la puerta, sin importar nada ni nadie más que yo mismo. ¿Por qué con ella no soy así? Me paraliza, me controla, juega conmigo. Y, además, debo reconocer que me gusta su juego, aunque mi cuerpo ahora mismo no esté muy de acuerdo, dadas las circunstancias».

15

Era el día, ya llegó el 2 de enero. Eran las 20:00 y los invitados ya habían empezado a llegar, pero Mary no estaba por ninguna parte. Jack se empezaba a desesperar. «¿Acaso piensa darme plantón?». Llegadas las 20:15, no pudo contenerse más y la llamó, pero no hubo respuesta. Llamó una y otra vez, pero la ausencia de noticias seguía siendo lo único evidente.

20:30. Llegó un BMW de último modelo, del que bajó una joven que se dirigió decididamente hacia la fiesta. Una vez en la puerta, Jack la vio y su cara era más que de agrado.

—Está muy guapa esta noche, señorita Sunset.

—Dígaselo a mi estilista por elegir esta preciosidad de vestido.

Efectivamente, se trataba del vestido que Jack le había regalado unos días antes. Ambos estaban cogidos de la mano y cada vez más cerca.

—No sé qué me pasa cuando estoy contigo —confesó Jack.

—Por la sensación que noto en mi vientre, tengo una ligera idea —respondió, y se mordió el labio inferior.

Aquel juego iba a acabar con él, porque tenía razón, cada vez que estaba próximo a ella, su erección era más que evidente, pero había algo más y aún no sabía qué.

—Disculpe, señor Shepard, le están esperando —le informó un hombre trajeado.

—Volveré enseguida. Lo prometo.

—Tranquilo, lo entiendo.

Mary se dirigió hacia la barra y pidió un *gin-tonic*. Aprovechó ese tiempo a solas para examinar a los invitados. Reconocía a la mayoría: policías, senadores, concejales, el alcalde y algún que otro adinerado, aunque no necesariamente todos muy legales.

—Vaya, no pensaba encontrarte por aquí, Mary —anunció un hombre de unos cuarenta años que se situó en la barra justo a su lado.

—¡Jake! Lo cierto es que yo tampoco esperaba verte aquí.

—Pensé que no seguías con el negocio familiar.

—Y así es, hoy solo soy la acompañante del señor Shepard.

—Vaya, vaya. Siempre has pisado muy fuerte.

—Cierto, pero debo pedirte algo.

—Lo que quieras.

—Él no sabe quién soy y debe seguir siendo así.

—Tranquila, te cubro. ¿Te apetece bailar?

—Con quién mejor que con mi maestro.

Jake y Mary eran viejos conocidos y él fue quien le había enseñado a bailar, así que en la pista eran un verdadero torbellino, eclipsaban a cualquiera que intentara tan siquiera hacerles sombra.

Jack volvió de su reunión y contempló cómo bailaban mientras los celos se iban apoderando de él. «¿En serio?, ¿no podía simplemente estar sentada y tranquila?». Se aproximó hacia la pista y, mientras ella giraba, la cogió de la muñeca y la atrajo hacia sí, quedando frente a frente.

—Se acabó el espectáculo. Es mi turno, y no de baile precisamente —afirmó cargado de lujuria.

—Pero ¿de qué vas? ¿Te crees que puedes sacarme así de la pista y que iré donde quieras?

—Ya lo creo que sí. —Recorrió con una mano su espalda desnuda mientras con la otra le sostenía la barbilla en alto para besarla.

—Perdón por la intromisión, señor Shepard, pero necesito hablar con usted —intervino el alcalde de la ciudad.

—Por supuesto, pero permita que le presente a mi encantadora novia, la señorita Sunset.

—Un placer, señor alcalde.

—Más tarde, serás mía. Es una promesa —susurró Jack a su oído antes de ausentarse de nuevo.

Mary aprovechó esa nueva interrupción para abandonar el evento. Cogió su coche y se dirigió al aeropuerto, donde su avión privado ya esperaba listo para el despegue. Antes de iniciar el viaje, no pudo resistirse a enviar un mensaje a Jack.

> *Bonita fiesta, lástima que estuvieras tan ocupado.*
> *Nos vemos mañana en el colegio.*
> *P. D.: No sabía que tuvieras novia.*

La frustración de Jack no dejaba de crecer, se había vuelto a escapar. Y… ¿cómo pensaba volver al colegio?, ¿acaso había reclinado inicialmente su oferta sobre el vuelo?

> *Por supuesto que tengo novia,*
> *usted debería saberlo mejor que nadie.*
> *Por cierto, ¿cómo piensa regresar?*
> *P. D.: La próxima vez te ataré para que no puedas escapar.*

La respuesta de Mary llegó al momento.

> *No es usted el único con recursos.*

16

Nada más terminar la fiesta, Jack decidió adelantar el vuelo y volver cuanto antes. Llegó de madrugada a su casa y fue en busca de Mary, pero la vivienda estaba totalmente vacía. ¿Le habría pasado algo? ¿Por qué no estaba allí? La llamó una y mil veces, pero siempre saltaba el buzón de voz.

—Mary, ¿dónde estás? Al menos dime que estás bien.

Mary vio las decenas de llamadas y mensajes de Jack, pero hizo caso omiso. Esa noche tenía toda su atención focalizada en otra persona.

Jack no se despegó del teléfono en toda la noche y mucho menos pudo conciliar el sueño. Llegadas las 7:00 debía ir al colegio. Quién sabe, quizá estuviera allí.

Cuando llegó, la buscó por todas partes: el comedor, su cuarto, la biblioteca, la sala de baile, la clase en la que debería estar, incluso en su despacho, pero no estaba, se había esfumado.

Al anochecer, llegó un taxi a la casa de Jack y Mary al fin hizo su aparición.

—Hola. Disculpa por no haberte avisado, pero acabo de ver tus llamadas.

—¿Dónde estabas?, ¿estás bien?

—Sí, perfectamente. Es solo que tenía unos asuntos que resolver.

—¿Qué asuntos? —preguntó con curiosidad.

—Nada relevante.

—Me tenías preocupado.

—No tienes que preocuparte por mí, no soy tu responsabilidad. Lo sabes, ¿verdad? —respondió mientras le acariciaba sutilmente el cuello.

—Me preocupo porque me importas más de lo que quiero reconocer. ¿Dónde has pasado la noche? —inquirió, sosteniendo su barbilla en alto para mirarla fijamente a los ojos.

—Alquilé una habitación, no me apetecía regresar a tu casa si tú no estabas.

—Puedes venir cuando quieras, para eso te di unas llaves.

—Lo sé. ¿Entramos?

La rutina fue la de siempre. Hacían la cena y disfrutaban conversando y seduciéndose mutuamente. Llegaban las caricias, los besos…, pero Mary siempre frenaba antes de que las cosas fueran a más.

★★★★★

A la mañana siguiente, Jack no había oído a Mary levantarse, así que fue a despertarla, pero esta no estaba. En serio, ¿qué narices le pasaba?

Sin embargo, esta vez era diferente. Ella no estaba, pero sí todas sus cosas y la cama aún estaba deshecha. Jack buscó por la casa, pero era inútil, así que cogió el teléfono.

—¿Qué le has hecho? —preguntó Jack, mientras una rabia interior se apoderaba por completo de su persona.

—Lo que debía.

—¿Por qué?

—Se convirtió en un problema, te hacía débil y vulnerable porque te has enamorado de ella.

Jack colgó e intentó asimilar lo que había sucedido. La había perdido y sentía no solo ira, sino un vacío inmenso al saber que no la volvería a ver. ¿De verdad se había enamorado? ¿Era eso lo que se sentía?

17

Era el segundo día tras las vacaciones y Mary no había regresado al colegio, así que los chicos empezaban a inquietarse, especialmente John, que aún sentía algo por ella.

Jack estaba destrozado, no sabía qué hacer o cómo ocultar sus recién descubiertas emociones. Intentaba proseguir con su rutina de trabajo en su despacho, pero era incapaz de pensar en otra cosa que no fuera Mary y en lo que le había pasado por su culpa, por querer poseerla o, más bien, por enamorarse de ella.

John entró al despacho con paso firme.

—¿Dónde está Mary?

—No lo sé.

—Estaba muy unida a usted y no ha vuelto, así que algo habrá hecho.

—No la he visto desde las vacaciones, ha desaparecido sin más.

—Desaparecido, ¿como Jesse McArthur y Jessica Paxton? —preguntó John irónicamente.

No obtuvo respuesta. Jack era incapaz de mantener una disputa en esos momentos, y su silencio marcó el fin de la conversación.

★★★★★

John salió a correr para intentar deshacerse de esa carga que llevaba sobre sus hombros: un poco de tristeza, un poco de ira y un mucho de remordimiento. No dejaba de decirse a sí mismo: «Es mi culpa, si no hubiera dudado de ella, si no se la hubiera servido en bandeja de plata, ahora estaría aquí, conmigo, a salvo».

18

Mary abrió los ojos. Se encontraba en un lugar oscuro y húmedo, apenas podía respirar. Intentó moverse, pero sus pies y manos estaban atados. Se concentró en ese instante, en el ahora, olvidándose de cómo había llegado a esa situación. Pudo controlar el pánico y la respiración. Empezó a forcejear y consiguió desatarse las manos y, posteriormente, los pies. Aún estaba encerrada y el aire se agotaba, necesitaba salir, debía vivir o todo habría sido en vano. Utilizó todas las fuerzas que le quedaban, uñas, dientes, todo con tal de rasgar aquella especie de saco que la contenía.

Al fin consiguió hacer una pequeña hendidura en aquella resistente tela, pero entonces el agua empezó a entrar. Se apresuró a romper el envoltorio antes de ahogarse por completo. Una vez fuera, estaba sumergida y todo lo que alcanzaba a ver, ya mareada por la falta de oxígeno, era agua. Luchando una vez más, alcanzó la superficie e inhaló desesperadamente aquel aire puro.

John continuaba corriendo cerca del lago cuando, de repente, vio a Mary emerger de sus aguas. Rápidamente, se tiró sin dudarlo y se dirigió hacia ella para ayudarla.

—Mary, tranquila, te tengo. Te pondrás bien.

—Ha intentado matarme —alcanzó a decir antes de quedarse inconsciente en los brazos de John.

John salió corriendo con ella en brazos hacia la enfermería del colegio. Ya anochecía y apenas veía por dónde iba, pero en ese instante solo importaba ella.

★★★★★

—Se recuperará, solo necesita descansar —dijo amablemente la enfermera del centro.

—Gracias.

John cogió en brazos a Mary, que ya estaba despierta y casi recuperada, y se disponía a llevarla a su cuarto cuando se cruzaron con Vanessa y Drew.

—¿Qué ha pasado? ¿Estás bien? —preguntó Vanessa.

—Intentaron matarla, la encontré en el lago. Solo necesita descansar.

—Mary, lo siento de verdad. Tendríamos que haber confiado en ti —afirmó Drew apesadumbrado.

—Eso no importa ya, tranquilos. ¿Dónde vais?

—A estar un rato a solas —dijo Vanessa.

—Eso tiene fácil arreglo. Es viernes y yo tendré que estar en cama todo el fin de semana, y eso es muy aburrido, así que… Drew, ¿qué te parece si te vas a nuestro cuarto? —sugirió Mary.

—Debes descansar —le replicó John.

—Estaré contigo, así podrás cuidarme.

Entonces Mary le dio un beso en la boca, en parte como gratificación por rescatarla y en parte para reafirmar su relación con él.

—Drew, coge lo que necesites, que el fin de semana va a ser muy largo —dijo John con una imponente sonrisa.

19

Había amanecido cuando una enfermera telefoneó a Jack para contarle lo acontecido el día anterior. Jack no tardó ni cinco minutos en coger su coche para ir al colegio; tenía que verla, asegurarse de que estaba bien.

Nada más llegar, se fue directo al cuarto de las chicas y Vanessa abrió la puerta.

—¿Dónde está? —preguntó Jack aceleradamente.

—¿Viene a terminar lo que había empezado? —sugirió Drew.

Jack no estaba para juegos, quería verla, lo necesitaba, así que cogió a Drew por el cuello y lo alzó.

—No lo volveré a repetir, ¿dónde está? —amenazó Jack.

—En el cuarto de al lado —respondió Vanessa.

Jack se fue al otro cuarto y picó reiteradamente, pero nadie abría la puerta. Intentó entrar, pero estaba cerrado.

—No respondas, quedémonos así —suplicaba Mary a John, acurrucados en la cama.

—¡Mary, sé que estás ahí! ¡Abre, joder! —gritaba Jack lleno de cólera.

John, ataviado solo con unos calzoncillos, entreabrió la puerta.

—¿Qué quiere? —dijo John.

—Verla, necesito saber que está bien.

—Qué considerado por su parte, después de que intentara matarla.

Jack pasó de John y se fue directo hacia la cama, donde aún seguía Mary tapada con la sábana.

—No he tenido nada que ver, tienes que creerme. Mary, tú me conoces —suplicaba Jack cogiéndola de la mano.

—Yo sé que me encontraba en tu casa y que cuando me desperté, estaba atada y fondeada en el lago. Si no fuiste tú, ¿quién fue, Jack? ¿Quién más tiene llaves de tu casa? —lo increpó, haciendo énfasis en *tu casa*—. Si no te importa, estamos ocupados —dijo, sugiriéndole que se fuera.

Mary se giró hacia John, que ya se había colocado a su lado en señal de apoyo.

—¿Por dónde íbamos? Ya sé.

Entonces Mary se puso a horcajadas sobre John y empezó a besarlo, dejando caer la sábana que antes tapaba cuidadosamente su desnudo cuerpo.

Jack se fue desesperado, no sabía qué hacer. Había deseado verla para abrazarla, besarla, decirle que él no tenía nada que ver, pero ahora, al verla así, entregada a otro hombre… La había perdido para siempre, no había retorno. Aunque, al menos, seguía viva.

Cuando Jack se fue y cerró la puerta tras él:

—Puedes parar, ya se ha ido —sugirió John.

—¿Quién dice que quiera parar?

—Debes descansar —la reprendió.

—Ya he descansado.

—No creo que a lo que hemos hecho esta noche se le pueda llamar descansar.

—¿Acaso no puedes seguir mi ritmo?

John la empujó sobre la cama y se colocó encima de ella.

—¿Estás segura?

—Cien por cien.

John le abrió las piernas y la penetró de nuevo. Desde entonces, siguieron a lo suyo como si aquella intromisión no hubiera tenido lugar, disfrutando el uno del otro como habían hecho durante casi la totalidad de la noche.

Al mediodía aún seguían en la cama, Mary mirando a John y este tumbado bocarriba con cara pensativa.

—¿Qué ocurre? —preguntó Mary.

—No es nada.

—Dímelo —exigió.

—Es solo que he visto cómo lo mirabas antes.

—¿A Jack?

—Claro, a quién si no.

—Si te soy sincera, le creo, no pienso que sea capaz de hacerme daño, pero sí que sabe quién ha sido. Respecto a lo nuestro, supongo que esta noche no deja lugar a dudas. Te quiero, John —dijo mirándolo a los ojos.

—También lo quieres a él —afirmó.

—He pasado días y noches enteras con él y no ha sucedido nada porque no he querido. ¿Acaso eso no significa nada?

—No lo sabía, supuse que…

—Pues te equivocabas —respondió Mary, mientras se daba media vuelta en señal de enfado.

John rápidamente se acercó a ella, abrazándola y demostrándole que estaba ahí para ella, que no volvería a dejarla sola.

—Yo también te quiero —le susurró al oído.

20

El comienzo de la semana parecía tranquilo y romántico con Mary y John juntos de nuevo, Vanessa y Drew, y hasta Matt había quedado con una chica el fin de semana. Parecía que el ambiente estaba cargado de flores y corazones con un olor dulzón bastante empalagoso.

Tras las clases de la mañana, Matt aún no había dado señales de vida, así que Vanessa fue en su busca. Entró en la habitación y se lo encontró tirado en el suelo junto al ordenador. Rápidamente, fue por el resto del grupo antes de realizar vaticinios sobre su esperanza de vida.

Llegaron los demás y vieron la escena. John y Mary intentaron tomarle el pulso, pero estaba ausente. Llevaba ya varias horas muerto. Decidieron bajar y encarar nuevamente a Jack tras este suceso. Sin embargo, Mary estaba pensativa, no mostraba la autodeterminación que había tenido en ocasiones anteriores y permanecía quieta, totalmente estática en la puerta del cuarto.

—¿Mary, no vienes? —preguntó Vanessa.

—No, quiero quedarme aquí un rato.

Había algo en aquella escena que estaba fuera de lugar, algo que parecía escaparse a la vista de todos, hasta que Mary se dio cuenta. El ordenador estaba encendido, quizás en él hubiera algo que revelase lo que había acontecido.

Al encender el monitor, se encontró con un código que debía esconder alguna pista. Mary se aseguró de que todo estaba en el disco duro y se lo llevó antes de que nadie se enterase. Permaneció en su cuarto mientras los demás buscaban a Jack para hacerse cargo de un nuevo cadáver.

Jack esperaba encontrarse con Mary plantándole cara como siempre había hecho o en el entierro al menos, pero ella no acudió. Y la verdad, tampoco la culpaba por no querer verlo, no después de lo que había sufrido por su culpa.

Mary conectó el disco duro, hizo copias de seguridad por si acaso y, posteriormente, se dispuso a desencriptarlo. Pasados unos casi eternos minutos, los demás regresaron y Mary ya tenía la pista que había estado buscando.

—¿Se sabe de qué murió? —preguntó Mary.

—Parece haberse tratado de un exceso de alcohol, algo exagerado —respondió Drew.

—Tenéis que ver esto, estaba en su ordenador. Demuestra que no es Jack quien los mata.

Sus caras eran de sorpresa e incredulidad; a fin de cuentas, había sido Jack desde el principio. Mary les enseñó la grabación que había hecho la *webcam* de Matt la noche anterior. Se veía a Matt con una chica rubia, que siempre estaba de espaldas. «Una más», decía ella. Y así continuamente hasta que el nivel de conciencia de Matt empezó a disminuir, entonces le hizo tragar una última botella de vodka antes de irse.

—Por suerte, antes de que Matt falleciera pudo dejarnos esto. Ahora sabemos a qué atenernos. Intuimos, al menos, que es una chica rubia y alumna del colegio —dijo Mary.

21

Esa noche, Mary se escapó mientras todos dormían, llamó un taxi y fue a casa de Jack. Utilizó sus llaves y se dirigió al dormitorio.

Se aproximó a él y le dio un beso en la mejilla para despertarlo.

—¿Qué haces aquí? —dijo sorprendido.

—Necesitaba hablar contigo, tengo demasiadas preguntas y pocas respuestas.

—Adelante —la invitó a hablar, mientras le ofrecía un espacio para sentarse en la cama. Mary se sentó a su lado y lo miró a los ojos.

—Sé que tú no estás matando a nadie, pero supongo que darás las órdenes. ¿Por qué lo haces?

—Todo empezó por ti, porque te deseaba como nunca he deseado a nadie —dijo mirándola a los ojos.

—Continúa.

—Pensaba hacer desaparecer a tus amigos para que yo fuera la única persona en quien pudieras refugiarte.

Mary lo interrumpió un tanto irascible.

—¿Por qué los matas, Jack?

—Porque aquella noche en el cementerio me descubristeis y en el mundo en que me muevo no se pueden dejar cabos sueltos.

—¿Y qué hay de mí? ¿Tuviste algo que ver? —preguntó con los ojos llorosos.

Jack veía la tristeza en sus ojos y se le partía el alma, algo dentro de él se resquebrajaba por ser el responsable de ese dolor.

—Por supuesto que no, nunca te haría daño, me importas —respondió, mientras la cogía de la cintura con una mano y le sujetaba el cuello con la otra para reclamarla, para besarla.

Mary le apartó las manos y dijo con tono firme:

—Pero soy otro cabo suelto.

—Sí —afirmó apenado.

Mary ya había conseguido lo que buscaba, las respuestas que necesitaba. Nadie estaría a salvo, ni tan siquiera ella, a menos que consiguieran detenerlos.

En el taxi de vuelta al colegio le escribió:

Ha sido un placer hablar contigo.
Ya tengo las respuestas que quería.
P. D.: Gracias por las pistas que habéis ido dejando.

Jack leyó el mensaje y se sobresaltó. ¿Qué pistas? ¿De qué hablaba? Y más importante aún, ¿qué iba a hacer? «De veras no quiero hacerle daño, pero conociéndola puede que no me dé otra opción».

No sé de qué pistas hablas. Pero, por favor, no hagas nada, no me gustaría perderte antes de haberte tan siquiera recuperado.

Mary no daba crédito al leer el mensaje y no dudó en contestar:

¿De veras crees que es posible recuperarme?

Ante semejante pregunta, Jack decidió volver a enviarle otro mensaje; no podía permitir que dudara de él.

Ya sabes que nunca me rindo y me enfrentaré a quien sea por ti.

Se lo había puesto en bandeja, era la oportunidad perfecta para que Mary lanzara su última estocada:

En ese caso, ¿qué te parece si te enfrentas a la chica rubia antes de que consiga finalmente matarme?

Ese último mensaje puso en alerta total a Jack, ¿cómo sabían acerca de ella? Mary estaba a punto de cometer alguna estupidez, estaba seguro de ello, y, en fin, ¿qué podía hacer para impedírselo? Habría que acelerar todo, era la única opción.

22

Mary regresó al colegio y se reunió con los demás a primera hora.

—Tengo un plan, pronto sabremos quién es la chica —dijo Mary orgullosa de sí misma.

Todos estaban dispuestos a escucharla sin emitir el más mínimo sonido. Por consiguiente, comenzó a exponerles su razonamiento.

—Es un plan bastante simple, solo tendremos que espiar a Jack, porque en algún momento tendrán que ponerse en contacto.

—¿Y qué te hace pensar que se arriesgarán a verse en persona? —la interrumpió Drew.

—No hace falta que así sea. Le he clonado el teléfono y el ordenador a Jack esta noche.

—¿Qué has hecho qué? ¿Cómo se te ocurre ir a su casa? ¿Estás loca o qué? —replicó instintivamente John con aire sobreprotector.

—Tranquilízate, no sospecha nada, y lo hice por nosotros, por nuestra supervivencia. ¿Acaso no es ese un buen motivo?

—No si por ello pones en riesgo tu vida.

—Mi vida está tan en riesgo como las vuestras.

—Chicos, todo esto está muy bien, pero pueden pasar días o semanas hasta que se pongan en contacto, ¿qué os hace pensar que tenemos tanto tiempo? —preguntó Vanessa.

—Me he encargado de eso, pronto tendremos noticias —respondió Mary con satisfacción.

Todos la miraban con curiosidad y preocupación al mismo tiempo. ¿Qué habría hecho?

—Tranquilos, solo he puesto a Jack un poco nervioso. Y bien…, ¿empezamos la vigilancia?

Vanessa no se encontraba especialmente bien, estaba algo mareada y sentía náuseas, por lo que prefería quedarse en cama, y, obviamente, Drew se ofreció para hacerle compañía. Debido a ello, de nuevo el equipo conformado por Mary y John se encaminaba hacia una nueva misión suicida.

23

Mary y John descendieron hacia el vestíbulo, donde se hallaba una sala de estar enorme y preciosa con una decoración antigua tipo gótico, desde la cual se podía observar el despacho del director sin levantar demasiadas sospechas. Se acomodaron en una de las *chaise longue* y se dispusieron a pasar allí las horas abrazados escuchando música.

Transcurrieron dos horas y aún no había movimientos. John le quitó los auriculares a Mary.

—¿Qué ocurre? —susurró ella.

—Necesito que hablemos.

Mary le hizo un gesto de asentimiento, incitándolo a comentar aquello que tan nervioso y distraído lo había tenido todo el día.

—¿Qué vas a hacer cuando terminemos las clases? ¿A dónde vas a ir?

—Aún no lo sé. ¿Qué tienes pensado?

—Mis padres quieren que vuelva a casa con ellos, pero yo quiero estudiar en Harvard.

—¿Y cuál es el problema? —preguntó con mucha curiosidad.

—Tú. ¿Qué hay de nosotros?

Al escucharlo, Mary al fin respiró, porque había estado conteniendo el aire sin tan siquiera darse cuenta. Eso tenía muy fácil arreglo. La sonrisa que se puso en su cara lo decía todo.

—Yo pensaba estudiar a distancia, así que no me importaría irme a Massachusetts.

—¿En serio? —dijo John rebosante de alegría mientras la abrazaba.

Ambos estaban a punto de besarse cuando vibró el teléfono. Era una llamada de Jack.

—Hola, hermanito —decía una chica.

—¿Qué pasa, Ash? ¿Está todo arreglado?

—Estoy en ello, enseguida nos habremos deshecho de todos.

—Bien, avísame si hay novedades. —Y colgó.

Ash… ¿Quién era esa chica? ¿Jack tenía una hermana? John sugirió ver las listas de las clases para intentar descifrar el nombre completo de la chica.

—Ocúpate de las listas, vuelvo enseguida —ordenó Mary.

—¿Qué vas a hacer? —preguntó preocupado.

—Jugármela, como siempre. Eso sí, tendremos poco tiempo después de lo que tengo en mente.

24

Mary se dirigió hacia la sala de seguridad donde se guardaban todas las grabaciones del exterior del colegio y los pasillos con la esperanza de poder ver quién era la chica que estaba con Matt, aunque no sería una misión fácil.

—Disculpe, el director me ha pedido que lo avise porque quiere verlo inmediatamente —dijo al técnico de la sala.

El técnico salió y Mary fue tras él. Cuando lo perdió de vista, entró en el control y visualizó las grabaciones de la noche en que Matt había conocido a la chica, es decir, la anterior a su muerte, pues había dado por hecho que las de la noche del asesinato ya habrían sido borradas. Cuando al fin la localizó, tomó una fotografía con su teléfono, borró todas las consultas que había realizado y salió rápidamente de la sala, dirigiéndose de nuevo hacia el vestíbulo para buscar a John.

El técnico salió junto con Jack del despacho.

—Fue esa chica —comentó mientras señalaba a Mary.

—De acuerdo. No se preocupe, yo me encargo.

Jack se dirigió hacia Mary, haciendo caso omiso de John.

—¿Qué has hecho? —preguntó preocupado y exasperado.

—¿Yo? Nada. ¿Qué pretendías que hiciera? —respondió irónicamente.

Mary volvió a dirigirse hacia John para abrazarlo nuevamente, sin tan siquiera dar a Jack la posibilidad de replicar. Una vez se fue:

—La tenemos —le susurró a John al oído, mostrándole la fotografía.

—Se llama Ashley Bennet. No tienen el mismo apellido, por eso se nos había escapado —dijo John orgulloso también con su hallazgo.

—Avisemos a los demás.

Mary y John comenzaron a subir las escaleras, pero, de repente, se escuchó un gran estruendo que les hizo echar a correr. Se temían lo peor.

25

Corrieron hasta llegar al pasillo donde se encontraban sus dormitorios y vieron a Drew tendido en el suelo. Se tiraron junto a él en un intento desesperado por ayudarlo, pero no había nada que hacer: tenía un orificio de un disparo en la cabeza. John se quedó con el cuerpo ya sin vida de Drew, mientras Mary fue a ver a Vanessa, que estaba aún en la cama, pero ya no respiraba. Mary salió del cuarto en busca de John y le hizo un gesto de negación con la cabeza confirmando sus peores sospechas. Ellos eran los únicos supervivientes.

¿Qué les pasó a Vanessa y Drew?, os preguntaréis. Estaban en el dormitorio y Vanessa había conseguido quedarse dormida, por lo que Drew aprovechó ese momento para ir al servicio. Cuando volvió, Vanessa no respiraba, la habían asfixiado, y alguien huía del dormitorio a toda prisa. Drew salió tras ella y recibió un disparo en la cabeza que nadie más había oído gracias al silenciador, el cual propició la precipitación de su cuerpo inerte sobre el suelo causando el estruendo que Mary y John habían oído.

★★★★★

Los últimos acontecimientos supusieron un punto de inflexión para Mary, que tras mucho pensar decidió ir a ver a Jack.

Entró en su despacho y lo miró fijamente.

—Quiero hacer un trato.

—Tú dirás —respondió mientras la invitaba a tomar asiento.

—Trabajaré para ti a cambio de la vida de John.

—¿A qué te refieres con trabajar?

—Sé lo que tenías planeado para mí, no soy estúpida, Jack. Estoy dispuesta a aceptarlo.

—Sí que te importa ese chico… —reflexionó.

—Así es.

—¿Eres consciente de que si trabajas para mí nunca más lo volverás a ver? —preguntó con curiosidad.

—Sí, pero si me aseguras que seguirá con vida, confío en tu palabra.

—Prepárate, nos vemos en la entrada en media hora.

Mary fue a su cuarto y se vistió para la ocasión con un elegante vestido azul de escote cuadrado, unos tacones de infarto y unas medias con liguero, que no podían faltar.

26

Jack estaba de pie en el vestíbulo con un elegante traje gris y una camisa blanca con los primeros botones desabrochados. Mary aún no había aparecido y se estaba impacientando. «¿No será otra de sus estrategias? Estoy demasiado acostumbrado a que huya de mí, será mejor que vaya en su busca».

Cuando Jack se encaminaba hacia las escaleras, apareció Mary con el seductor vestido azul que había elegido. La cara de Jack se tornó feliz, su cuerpo empezaba a tensarse y sus pupilas se dilataron. Al aproximarse hacia él, le ofreció la mano como un caballero para que descendiera el último escalón.

—Estás preciosa.

—Gracias.

—¿Preparada?

—Solo una pregunta.

Jack asintió curioso. No tenía ni idea de por dónde le saldría esta vez.

—¿Quién es el afortunado?

—Yo —respondió Jack, complacido y satisfecho consigo mismo.

Mary se relajó y le sonrió.

—No esperaba menos de usted, señor Shepard. No se imagina las veces que he soñado con esto —dijo Mary totalmente pegada a él, mirándolo a los ojos y mordiéndose el labio inferior.

—¿Con trabajar para mí? —remoloneó Jack.

—Con follar contigo —susurró Mary en su oído, dándole un leve mordisco en el lóbulo de la oreja.

Jack no podía contenerse más, debía llevársela de allí y hacerla suya o iba a explotar. Le ofreció el brazo para que se agarrarse y poder dar comienzo a su magnífica noche.

—Una cosa más.

—¿Qué ocurre? —preguntó resignado.

—Podríamos dejar a tu hermana fuera de todo esto, ¿no te parece?

—Por supuesto.

Entonces Mary asió su brazo y los dos se fueron hacia el coche. Jack le abrió la puerta y no dijo nada en todo el camino. La tensión era más que palpable y Mary no ayudaba a que su euforia disminuyera, poniéndole la mano sobre la pierna y ascendiendo lentamente. Cuando Jack se veía forzado a buscar el contacto, ella retiraba la mano, y así en sucesivas ocasiones.

27

Finalmente, llegaron a su destino, una especie de *pub* no demasiado agradable a la vista exteriormente, pero una vez dentro, el lujo abundaba por todas partes. Jack la condujo hacia el ático, donde existía un único cuarto cerrado con llave.

Al entrar, Mary vio una enorme cama que presidía la habitación, bordeada con pétalos de rosa, y en una esquina, cerca de la ventana, una mesa con velas ya encendidas. Eso no era para nada lo que se esperaba. ¿En verdad era Jack un romántico? Mary no pudo evitar mirarlo confusa.

—Quiero hacer las cosas bien contigo, Mary. Me importas.

Se sentaron tranquilamente y se dispusieron a disfrutar de la cena: caviar, *sushi* y fresas con chocolate, sin olvidar un carísimo *champagne*. Cuando estaban terminando, Jack fue un momento al servicio y Mary aprovechó ese instante para verter unas gotas de un fármaco en ambas copas.

A su regreso, Mary quiso proponer un brindis:

—Por nosotros, porque esto no sea solo un sueño del que despertar en unos minutos.

—Por nosotros —concedió él.

Terminaron la bebida y Jack estaba listo para su victoria triunfal, ya era su momento y nada lo estropearía. Se acercó a Mary y empezó a acariciarle la espalda, le besó el cuello mientras ella se inclinaba para dejarle más espacio. Estaban totalmente pegados, Mary sentía su erección en el vientre y estaba disfrutando de cada instante con los ojos cerrados. Jack empezó a bajar su mano hasta que llegó al culo y la apretó contra sí antes de reclamar su boca. Luego la puso de espaldas y empezó a subir la mano por su pierna hasta llegar a la cara interna del muslo y ascendió hasta notar que ella también estaba húmeda y preparada. Cuando Jack se disponía a quitarle las bragas, ella se giró.

—¿Qué ocurre? —preguntó Jack furioso.

—Tú me has sorprendido, ahora es mi turno.

La furia de Jack empezó a calmarse; había preparado algo para él y estaba deseando verlo. Mary buscó una canción en su móvil y se dispuso a comenzar un baile, solo para él. Lamentablemente, fue entonces cuando Jack recibió una llamada.

—Cógelo si quieres, no me importa.

Jack miró el teléfono.

—No hay problema, es mi hermana.

En ese momento, apagó el móvil y comenzó a disfrutar de su baile.

Mary se contoneaba delante de él, provocándolo, excitándolo y, de repente, empezó a bajarse la cremallera del vestido. Posteriormente, dejó caer la parte superior con un delicado movimiento de hombros y luego el vestido se deslizó hasta sus pies.

Jack estaba más que impaciente y excitado. Había comenzado a disfrutar del espectáculo sentado en una silla, pero no lo soportaba más y ya se encontraba delante de ella, cargado de deseo.

Mary llevaba unas medias con liguero, un corsé y un *culotte* rojos que no dejaban indiferente a nadie. Se acercó a Jack y comenzó a desabrocharle la camisa, y luego los pantalones, mientras lo miraba fijamente a los ojos con lujuria. Se puso de espaldas a Jack, pero pegada a él, le cogió las manos y empezó a guiarlas por su cuerpo al ritmo de la música.

Cuando la canción terminó, estaban frente a frente con los labios rozándose. Mary estaba muy húmeda y la erección de Jack era más que imponente. Empezaron a besarse con una pasión desenfrenada y aterrizaron encima de la cama.

Inesperadamente, Jack se durmió, y Mary se benefició de ese momento para coger su teléfono.

—Mary, dime que estás bien —exigió John al otro lado.

—¿Has hecho lo que te pedí?

—Sí —confirmó.

—Entonces venid a buscarme ya, estoy en Scranton, St. Main Ave, 6.

Una hora más tarde, Mary estaba vestida y desesperada; no llegaba nadie y en poco tiempo Jack despertaría. No sabía qué hacer, qué iba a decirle o cómo controlarlo si eso sucedía.

Entonces se comenzaron a escuchar ruidos en las plantas inferiores y alguien golpeó la puerta. Entró un policía, y justo tras él, John. Mary al fin se relajó y se fundió en un efusivo abrazo con John, poniendo fin a aquella disparatada historia.

John la apartó y la miró a los ojos con tristeza y enfado.

—¿Qué ocurre? —preguntó Mary desconcertada.

—¿Habéis…? —comenzó a preguntar.

—¿Quieres saber si nos hemos acostado? —John asintió—. Conseguí que se durmiera antes.

Entonces John volvió a abrazarla y se fueron de allí, juntos y sin peligro a la vista.

28

Ahora mismo estaréis un poco confusos respecto a los acontecimientos. Es lógico, Mary había hecho un trato con Jack y sin más aparece la policía, y… ¿qué hay de Ashley?

Todo formaba parte de un plan para conseguir que los arrestaran. Eran dos contra dos, así que la única forma de ganar tiempo era darse por vencido. Mary decidió hacer creer a Jack que había ganado; con el trato en cuestión, aseguraba la vida de John, y Jack estaría ocupado. Por su parte, Ashley ya no los espiaría o atacaría porque todo habría acabado. De esa forma, John podría huir e ir a la policía con todas las pistas que habían recabado.

Aun así, no todo fue tan fácil porque, obviamente, John no conocía al detalle el plan, pues, en ese caso, no hubiera dejado que Mary se expusiera.

Una vez llegó a la policía, John les mostró todos los indicios y se dirigieron al colegio en busca de Ashley.

—Ashley, ¿dónde está tu hermano? —preguntó John.

—¿Ya te ha quitado la novia?

—Mejor no te rías tanto.

—¿Quién es tu amigo? —demandó ella.

—Permita que me presente, soy el inspector Clayton y queda detenida.

—Pero tengo derecho a una llamada, ¿no?

—Así es.

Ashley cogió su móvil y telefoneó a Jack para advertirle, pero el muy tonto no contestó. Ahora ya solo quedaba esperar a tener noticias de Mary para capturar a Jack.

Mary, por su parte, no tenía más que entretener a Jack, pero teniendo en cuenta la tensión existente entre ambos, no sabía hasta qué punto tendría que llegar. La intención era conseguir que se quedara dormido, para lo cual tenía preparados unos potentes somníferos. Solo tendría una oportunidad y no podía fallar, así que vertería el fármaco en ambas copas. Sin embargo, ¿cómo consiguió que no le afectase a ella? Para contrarrestar los efectos ya se había tomado unas pastillas antes de irse del colegio. Una vez que Jack se durmió, no tuvo más que llamar a John y esperar para dar por glorioso un plan con muchas posibilidades de fracaso.

Muchos pensaréis que esto es el final de una gran historia; sin embargo, siento deciros que os equivocáis. Lo mejor aún está por llegar.

Sobre la autora

María Castiñeiras Ortega nace en Avilés (Asturias) en 1993. Allí reside hasta el inicio de su etapa universitaria, en la que se traslada a Santander para cursar los estudios de Medicina. Posteriormente, se muda a Madrid, donde vive en la actualidad. Fue durante su etapa universitaria cuando se deshace del cliché de niña perfecta y comienza a escribir a modo de evasión. De esta forma, ha decidido darse a conocer al mundo a través de historias de ficción. Eso sí, siempre con una moraleja que considera un importante consejo de vida.